ARLEQUIN-LUCIFER,

OU

CASSANDRE ALCHIMISTE,

FOLIE EN UN ACTE,

MÊLÉE DE COUPLETS;

PAR M. R******

Représentée, pour la première fois, à Paris, sur le Théâtre du Vaudeville, le 27 juillet 1812.

PRIX : I FRANC 25 CENT.

A PARIS,

Chez FAGES, Libraire, au magasin de Pièces de Théâtre, Boulevard Saint-Martin, n. 29, vis-à-vis la rue de l'Ancry.

De l'Imprimerie de Mad. V.e DUMINIL-LESUEUR, rue de la Harpe, N°. 78.

An 1812.

PERSONNAGES.	*Acteurs.*
CASSANDRE,	M. Fontenay.
ARLEQUIN,	M. Laporte.
LÉANDRE,	M. Guénée.
GILLES,	M. Fichet.
ARGENTINE,	Mlle Betzi.

La Scène se passe à Paris, chez Cassandre.

COUPLET D'ANNONCE.

Messieurs, nous allons avoir l'honneur, etc, etc.

Air : *du Vaudeville des petits Savoyards.*

Ce soir un jeune auteur débute ;
Si son diable n'est pas plaisant,
A vos amis, en nous quittant,
Ne faites point part de sa chute.
Mais si, comblant notre désir,
Lucifer vous paraît aimable,
Pour nous prouver qu'il vous a fait plaisir,
Envoyez vos amis... au diable.

ARLEQUIN-LUCIFER,

OU

CASSANDRE ALCHIMISTE.

Le théâtre représente un laboratoire où l'on voit des instrumens de tous côtés ; des fourneaux sur la gauche ; une table , un grand fauteuil sur la droite.

SCÈNE PREMIÈRE.

CASSANDRE, GILLES, ARLEQUIN.

Au lever du rideau , Gilles , assis près du fourneau , dort , un soufflet à la main ; Cassandre , près de la table , dort sur un gros livre ; Arlequin sort d'une trappe qui est vers le milieu de la scène. Il ne fait pas encore jour.

ARLEQUIN.

Ils sommeillent !... Bon ! (*à Léandre , qui est dans la trape.*) M. Léandre , préparez nos machines. . . . (*avançant sur la scène*). Parbleu, la cave que nous avons louée sous cet appartement nous sert à merveille ! C'est ici que l'on voyait *la femme invisible ;* et puisque M. Cassandre tient toujours son logis fermé , cette trappe , pratiquée pour l'usage de la dame , nous servira de porte pour entrer ici (*s'approchant de Cassandre.*) Ah !

vous éconduisez mon maître, et vous vous ruinez en voulaut faire de l'or ! Grâces à votre crédulité et à votre poltronnerie, qui vous font voir des fantômes partout... Vous conserverez votre fortune, et votre nièce épousera Léandre. J'ai déjà fait faire le contrat ; c'est un mariage certain ; il ne manque plus que le consentement de la futnre et celui de l'oncle. ... Si Cassandre allait me reconnaître ! Oh, non !..... il ne m'a jamais vu. ... (*regardant Cassandre.*) La bonne figure ! dirait-on que cette face ouverte est celle d'un homme à projets ? ...

Air : *Rendez-moi mon écuelle de bois.*

> Ses exploits,
> Dans de nombreux emplois,
> Prouvent ce qu'il peut faire :
> Autrefois
> Il était à la fois
> Médecin et notaire ;
> Alors, par ses talens
> différens,
> Il effaçait tous ses camarades,
> Et dressait autant de testamens
> Qu'il traitait de malades.

A présent, cachons-nous dans quelque coin. .... tâchons d'éloigner Cassandre et Gilles, et de parvenir jusqu'à Argentine. ... Si je réveillais ce dormeur (*regardant sur la table*). Une tabatière !... vîte une prise.
(*Il prend la tabatière et la place sous le nez de Cassandre. Il sort en courant.*)

SCÈNE II.

CASSANDRE, GILLES.

CASSANDRE, *s'éveillant.*

Atchit !... tiens... je dormais... Gilles souffles-tu? Il ne souffle pas. ... un mot.

Air : *Vaudeville de Partie carrée.*

Ah ! c'est trop fort ! ce paressenx de Gilles
Laisse manquer mon fourneau d'aliment ;
Cela ne veut que passe-temps futiles,
Et ne peut veiller un moment...
　　Il dort et pourtant
　　De lui ma fortune dépend.
　　　(*Il donne un soufflet à Gilles.*)
　　Pan !
　　GILLES *, se réveillant.*

(Parlé).
Quel affreux réveil !

　　CASSANDRE (*fin de l'air.*)

Je sens déjà s'appaiser ma colère,
Et je partage ta douleur ;
N'accuse pas une main trop légère,
Ne juge que mon cœur.　　　　　(*ter.*)

Mon ami, le soufflet que je t'ai donné me fait plus de peine qu'à toi.

　　GILLES.

Oui, mais il me fait plus de mal qu'à vous : c'est la première fois que vous me donnez quelque chose, et je voudrais bien vous le rendre. Le maudit métier !

　　CASSANDRE.

Tais-toi : je tiens à ma découverte.

　　GILLES.

Et moi je n'y tiens plus !

　　Air : *Suzon sortait de son village.*

Depuis hier, monsieur Cassandre,
Au fourneau je suis occupé ;
L'appétit commence à me prendre ;
Car, hélas ! je n'ai pas soupé.
　　Passer la nuit,
　　Cela me nuit.
Sans rien manger, il faut que je m'essouffle.
　　Quelle pâleur !
　　Quelle maigreur !
Je viens sec, et suis à faire peur.

　　CASSANDRE.

(Parlé).
C'est vrai.

GILLES.

Vous me traitez comme un maroufle,
Nuit et jour il faut distiller ;
Enfin, à force de souffler,
Je n'ai plus que le souffle.   (ter.)

CASSANDRE.

C'est toujours ça.

GILLES.

Tenez... payez-moi mes gages... je m'en vais...

CASSANDRE.

Je te les devrai.

GILLES.

A d'autres...

CASSANDRE.

Eh ! mon ami... tout doit dans ce monde !

Air : *On parle de Philosophie.*

Un grand doit sa magnificence
Au souverain qui l'enrichit ;
Un enfant doit son existence
A la mère qui le chérit ;
L'aimable fleur doit sa parure
A la main de qui va l'arroser.
Je dois.... pour ne pas m'opposer
Aux lois de la nature.   (bis.)

GILLES.

Oui, mais aussi.

Même Air.

Le grand par son obéissance
Paie au monarque ses faveurs ;
L'enfant par sa reconnaissance
Paie à sa mère ses douleurs ;
La terre paie avec usure
Le laboureur industrieux ;
Payez moi... pour observer mieux
Les lois de la nature.   (bis.)

CASSANDRE.

Reste.... je ferai bien plus : il faut à Argentine un
mari honnête, laborieux, simple comme moi... je
t'ai choisi...

GILLES.

C'est bon... mais j'y vois une petite difficulté,
Argentine me déteste.

CASSANDRE.

Voilà comme ma femme m'aimait au commencemeut de notre mariage. . . ne t'inquiète pas de cela. Tu sais mes conditions. . . Deux ans de travail. . . souffler le feu. . . mettre du bois au fourneau.

GILLES.

J'entends. . . sans le bois , point de mariage.

CASSANDRE.

J'ai chassé de chez moi ce freluquet de Léandre, à cause de sa paresse ; c'était cependant un garçon de mérite. . .

GILLES.

Oh ! je ne lui ressemble pas. . . . je me soumets à tout. . . pourtant je dépéris à vue d'œil. . . Ne pas manger ! j'ai cela sur le cœur.

CASSANDRE.

Tu as faim. . . . Voilà de l'argent, va chercher du charbon. . . . et prends un peu l'air, cela te fera du bien.

LÉANDRE , *sous terre.*

Cassandre !

CASSANDRE.

Qu'entends-je !

GILLES.

Je frémis.

LÉANDRE , *sous terre.*

Cassandre !

GILLES.

Nous sommes perdus !
(*Il se fait du bruit sous le théâtre , et il sort des flammes bleues.*)

GILLES , *terrifié.*

Ah ! (*il s'enfuit.*)

CASSANDRE.

Que vois-je !

LÉANDRE, *sous terre.*

Tremble !

CASSANDRE.

Je suis assassiné !

(*Il se jette dans son fauteuil, et se couvre les yeux de ses mains. Les flammes disparaissent. Ici il fait tout à fait jour.*

SCÈNE III.
CASSANDRE, ARGENTINE.

ARGENTINE, *accourant.*

Qu'avez-vous donc, mon oncle ?

CASSANDRE.

Qui que tu sois , démon mâle ou femelle , n'approche pas. . .

ARGENTINE.

C'est moi, votre nièce, reconnaissez ma voix.

CASSANDRE *se découvrant les yeux.*

En effet, c'est Argentine. . . . Ah ! mon enfant, le diable est dans la maison. . . . .

ARGENTINE,

Vous rêvez, mon oncle. . . .

CASSANDRE.

Des gémissemens sourds. . . des esprits follets. .

ARGENTINE.

Comment, mon oncle, vous croyez encore aux revenans !

CASSANDRE.

Si je crois aux revenans !

AIR : *La bonne Aventure.*
J'ai toujours devant les yeux
Un spectre effroyable ,
Qui me poursuit en tous lieux,
Au lit comme à table ;
Tellement qu'hier au soir,
Etant devant mon miroir....
J'ai cru voir un diable
Noir,
J'ai cru voir un diable.

ARGENTINE.

Est-il possible ?

CASSANDRE.

Tiens, mon enfant, depuis que j'ai renvoyé Léandre, je crois qu'un esprit malin me lutine. . . .

ARGENTINE.

Il est un remède bien simple . . . . rappellez mon amant. . .

CASSANDRE.

Un mirliflor qui se moque de moi, et qui lorsqu'il venait ici ne voulait pas approcher des fourneaux, dans la crainte de gâter sa toilette ! D'ailleurs tu ne l'as vu que huit jours. . .

ARGENTINE.

Ça n'y fait rien, mon oncle.

AIR : *Vaudeville de Catinat*

De l'ennui voulant s'affranchir,
On s'est fait un nouveau système :
Il ne faut plus pour le chérir
Connaître l'objet que l'on aime.
Aujourd'hui voit-on soupirer ?
L'amour naît de la circonstance ;
On commence par s'adorer,
Puis après l'on fait connaissance.

CASSANDRE.

Adorez-vous si vous le voulez, mais je ne veux pas que vous fassiez connaissance. . .

ARGENTINE.

Il ne pourra vivre sans moi. . .

CASSANDRE.

Eh ! qu'il meure.

ARGENTINE

Il sera riche.

CASSANDRE.

Je fais de l'or. Au reste, je t'ordonne de l'oublier.

ARGENTINE.

Mon oncle, je m'en occupe.

CASSANDRE.

J'aime à te voir obéissante. . .

Air : *Mon avis est le vôtre.* (*Bancelin.*)

> J'ai, d'après mon usage,
> Veillé toute la nuit,
> Et vais en homme sage
> Me jetter sur mon lit :
> Mon enfant, je vous exhorte
> A vous occuper :
> Si quelqu'un frappe à ma porte,
> Laissez-le frapper.

ARGENTINE, (*prenant des livres sur la table.*)

> J'ai Faldoni (1), le Mercure,
> Mon oncle je les lirai.

CASSANDRE.

> Moi, pendant ta lecture,
> Je dormirai. . .

Ensemble.

> J'ai d'après mon usage, etc.

ARGENTINE.

> Il court en homme sage
> Se jetter sur son lit,
> Et mon amant volage
> Va m'occuper l'esprit.

(*Il sort par une porte de côté.*)

SCÈNE IV.

ARGENTINE, *seule.*

Mon pauvre oncle ! employer tout son argent à faire de l'or ; et fermer la porte à Léandre ! . . . Oh décidément il a perdu l'esprit. . . . Et ce M. Léandre qui depuis un mois ne m'a pas donné de ses nouvelles ! . . . .

Air : *Ces postillons sont d'une maladresse.*

De ce mépris mon ame est irritée,

---

(1) Drame représenté sur le théâtre de l'Odéon.

S'éloigner sans m'en prévenir !
Ah ! de m'avoir ainsi quittée
Il pourra bien se repentir ! (*bis.*)
D'aimer toujours nous faisons la promesse ;
Mais un amant, trop prompt à s'y fier,
Ne doit jamais donner à sa maîtresse
Le temps de l'oublier. (*Bis.*)

SCÈNE V.

ARGENTINE, ARLEQUIN.

ARLEQUIN, (*dans le fond.*)

Cassandre n'y est plus, je puis entrer. . .

ARGENTINE, *voyant Arlequin.*

Ciel ! quel est cet homme ?

ARLEQUIN.

Chut ! je suis le valet de M. Léandre !

ARGENTINE.

Vous ?

ARLEQUIN.

Depuis un mois à son service.

ARGENTINE.

Et où est-il ?

ARLEQUIN.

A Paris, depuis trois jours.

ARGENTINE.

Comment êtes-vous entré ?

ARLEQUIN.

C'est mon secret.

ARGENTINE.

Que voulez-vous ?

ARLEQUIN.

Faire votre bonheur, et rendre votre oncle à la raison. M. Léandre. . .

ARGENTINE.

Le perfide ! ne m'en parlez pas. . .

(*Après un moment de réflexion.*)

AIR : *Ces braves insulaires.*

Dois-je garder encore
L'espoir
De voir
Celui que j'adore ?

ARLEQUIN.

Si votre voix m'implore
Ici vous trouverez,
Vous verrez,
Votre amant
Bien portant
Et constant.

ARGENTINE.

Mon cher, rendez-le moi !

ARLEQUUIN, (*faisant des lazzis.*)

Oh terre entr'ouvre-toi,
Et de ton sein rejette
L'objet
Qui plait
A cette
Fillette....
Votre bonheur s'apprête.

(*Léandre paraît.*)

ARGENTINE.

Grands dieux ! que vois-je là !
Le voilà.

ARLEQUIN.

Le voilà.

TOUS.

Me }
Le } Voilà.

(*Léandre sort de la trappe.*)

SCÈNE VI.

LÉANDRE, ARLEQUIN, ARGENTINE.

ARGENTINE *à Léandre.*

AIR : *Valse des six pantoufles.*

Redoutez mon courroux!
> Pour vous
Je n'ai plus dès ce jour
> D'amour ;
Sans raison, pourquoi
Aller loin de moi,
Brûlant de voltiger,
> Voyager?
J'aurais dû vous juger
> Léger ;
Il faut à me venger
> Songer ;
Vous perdez vos droits ;
Et je vous revois,
Pour la dernière fois.

LÉANDRE.

Ah ! crois
A ma constance !
Révoque la sentence
Que ton impatience
Vient hélas ! de dicter ;
Pour nous avec adresse
J'ai travaillé sans cesse,
Et j'ai fui ma maîtresse
Pour ne la plus quitter.

ARGENTINE, (*parlé.*)

Vous osez encore excuser votre conduite!

ARLEQUIN (*se mettant entr'eux.*)

Ne ferez-vous jamais
> La paix?
On perd en disputant
> L'instant
Si cher aux amans ;
Où de ses tourmens
Chacun heureux enfin
Voit la fin ;

Si malgré votre hymen
Prochain
Vous parlez trop souvent
Avant ;
Que vous direz-vous (*bis.*)
Quand vous serez époux !

(Parlé)

Il n'y a pas de temps à perdre.

(*Léandre s'avance d'abord vers Argentine qui lui tourne le dos. . . . Il témoigne son mécontentement et va de l'autre côté du théâtre en boudant.*)

(*Arlequin les observe.*)

ARLEQUIN, (*à Léandre.*)

Allons . . . vous vous éloignez. . .

LÉANDRE.

Après un mois d'absence, me recevoir ainsi ! . . .

ARLEQUIN.

Eh ! laissons-là toutes ces petites querelles.

LÉANDRE, (*à Arlequin.*)

Elle boude . . . . . je ne ferai certainement pas les avances. . .

ARLEQUIN, (*à Argentine.*)

Vous êtes muette ?

ARGENTINE.

Je ne cède jamais. . .

ARLEQUIN.

Tête de femme ! . . . Voilà une conversation bien animée... Il faut pourtant que j'arrange cette affaire...

(*Il va derrière Argentine et lui baise la main.*)

ARGENTINE, (*croyant que c'est Léandre.*)

Ah ! c'est lui ! il revient le premier !

ARLEQUIN.

Bon !

(*Il va derrière Léandre et le tire par son habit.*)

LÉANDRE.

C'est elle ! elle revient la première. . .
(*Les deux amans se retournent et se trouvent en
face l'un de l'autre.*)

ARLEQUIN.

Eh bien ?

LÉANDRE.

Je ne suis plus si fâché.

ARGENTINE.

Je suis moins en colère.

ARLEQUIN.

Vous voilà raccommodés.

AIR : *Tout chacun l'aime et l'admire.*

Pour un rien l'on se querelle,
Pour un rien l'amour à tort,
Pour un rien l'on se rapelle,
Pour un rien l'on s'aime encor :
Toujours deux aimans se joignent,
Deux oiseaux vont se chercher,
Et deux amans ne s'éloignent
Que pour se mieux rapprocher.

ARGENTINE.

Je soutiens que je n'aurais pas dû me fâcher.

LÉANDRE.

Et moi je soutiens que si. . .

ARLEQUIN.

N'allez-vous pas vous quereller encore? Les momens
sont précieux. . . Mademoiselle suivez-moi. . .
(*Argentine ne l'écoute pas.*)

LÉANDRE.

AIR : *Voltaire, en dépit de son esprit.*

Moi seul j'avais tort
Et sans effort
Il faut qu'ici je le confesse ;
Oui, mais

Je te fais
Bien la promesse
De ne me fâcher jamais.

ARGENTINE.

Ah ! j'étais plus coupable que toi !

LÉANDRE.

Non : j'étais plus coupable que toi !
De nouveau je te donne ma foi;
Car le plus emporté c'est moi.

ARGENTINE.

C'est moi

LÉANDRE.

C'est moi.

ARGENTINE.

C'est moi.

LÉANDRE.

C'est moi.

ARLEQUIN, *impatienté.*

(Parlé.)
A Quoi bon ? . . . Cassandre peut s'éveiller. . . .

ARGENTINE ET LÉANDRE.

ENSEMBLE.

Moi seul j'avais tort , etc.

ARLEQUIN, *à Argentine.*

J'espère qu'à présent vous allez consentir à nous
suivre. . .

ARGENTINE.

Comment ? . . .

ARLEQUIN.

Par cette trappe.

ARGENTINE.

Mais un enlèvement. . . .

LÉANDRE.

Pour rire : ne craignez rien.

ARLEQUIN.

AIR : *On tambourine mes amours.*

Il n'est plus temps de réfléchir ,
Partons à l'instant même ;
On refuse de vous unir
A celui qui vous aime ;
D'un oncle qui combat vos goûts
La fuite vous délivre ;
Restez fille.., ou bien suivez-nous.

ARGENTINE.

Allons, je vais vous suivre.

(*Arlequin lui donne la main, et ils sont sur le point de descendre dans la trappe, quand Gilles arrive.*)

SCÈNE VII.

LÉANDRE, ARGENTINE, ARLEQUIN, GILLES.

GILLES *entre avec du charbon qu'il laisse tomber.*

A merveille !

ARGENTINE.

Ciel !

ARLEQUIN.

Ce faquin de Gilles !...

GILLES.

AIR : *Père Capucin.*

Je vais
Sans délais
Faire un beau tapage ;
Un pareil coquin
M'appelle faquin !
Chez celle dont j'aurai la main,
Si l'on entre avant notre hymen ;
Dès le lendemain
De mon mariage
Je prévois déjà
Ce qu'on osera !

(*Il appelle*).

M. Cassandre !

LÉANDRE.

Tais-toi !

GILLES.

Au secours !

ARLEQUIN.

Je t'assomme. . . .

ARGENTINE.

Quelle situation !

LÉANDRE.

Prends cette bourse.

GILLES.

Je prends. . . . . (*il appelle.*) M. Cassandre !

ARLEQUIN.

Rends donc l'argent !

GILLES.

Je ne rends rien. . . M. Cassandre ! . .

LÉANDRE, *saisissant Gilles.*

Traître !

GILLES.

A la garde !

ARLEQUIN.

Coupons-lui les oreilles.

GILLES.

Air : *Allez et courez , etc.* (*pantoufles.*)

De votre embarras
Je fais très-peu de cas ;
Mon maître s'éveillera ,
Il me défendra ;
Et sans plus de façons ,
D'ici nous vous chasserons.

LÉANDRE.

Ce maraud-là , je le vois ,
Ne voudra jamais se taire ;
Pour mieux étouffer sa voix ,
Mon cher , il faut qu'on l'enterre.

(*Ils saisissent Gilles et l'entraînent vers la trappe ,
malgré sa résistance.*)

GILLES.

De mon embarras,
Ils font très-peu de cas,
Apprêtons-nous au trépas ;
Quels fâcheux débats !
Bientôt ces fiers à bras
Me feront sauter le pas !

ARLEQUIN ET LÉANDRE.

De ton embarras,
Nous faisons peu de cas ;
Tu peux songer au trépas ;
Nous ne rions pas.
La vigueur de nos bras,
Te fera sauter le pas.

(Léandre disparaît avec Gilles.)

(Ensemble.)

SCÈNE VIII.

ARLEQUIN, ARGENTINE.

ARLEQUIN.

Mademoiselle, donnez-moi la main.

CASSANDRE, *s'éveillant.*

Argentine ! . . . me voilà.

ARGENTINE.

Ciel ! mon oncle ! nous sommes perdus !

ARLEQUIN, *se cachant sous la table.*

Soyez tranquille, tout est prévu.

(Arlequin est sous la table.)

SCÈNE IX.

CASSANDRE, ARGENTINE.

CASSANDRE.

Ah ! mon enfant tu vas frémir !

ARGENTINE.

Je frissonne déjà.

CASSANDRE.

Tu as bien fait de me réveiller. . . je viens de faire
un songe affreux.

AIR : Nous avons une terrasse.

Ma nièce, voici mon rêve:
Près de l'Achéron,
Je cause avec Pluton;
Soudain devant moi s'élève
Un lutin
Bizarre et mutin.
Je tremble en regardant ce diable
Dont la tournure est effroyable.
A son visage maroquin,
Je le prends pour un Africain;
Un glaive brille dans sa main;
Je veux le fuir, mais c'est envain;
Il m'arrête et me dit, coquin,
Je suis, enfin,
Maître de ton destin;
D'un mot je peux terminer ta carrière;
Mais jure moi
De vivre sous ma loi,
Et je te rends de suite à la lumière.
De le servir ma vie entière,
Tristement
Je fis le serment.
Alors, d'un air tendre,
Il me dit, Cassandre:
Je saurai t'apprendre
A faire de l'or:
Pluton en colère,
Fit trembler la terre,
Et j'ai son tonnerre
Dans l'oreille encor.

Je ne me suis pas réveillé au coup de tonnerre : le
diable m'a pris par l'oreille. . . J'ai crié à la garde !. ,
Alors il s'est caché sous la table. . . . Tiens. . . .
comme cela. . . .

(*Il va pour se mettre sous la table ; Arlequin se lève.*)

Dieux ! c'est le diable ! }
    ARGENTINE.   } ensemble.
Dieux ! (*elle s'enfuit.*) }

ARLEQUIN , *à part.*

Payons d'audace.

SCÈNE X.

CASSANDRE, ARLEQUIN.

ARLEQUIN. (*lazzis.*)

Air : *Du Lendemain.*

Je viens du sombre empire,
Pour visiter un phénix,
Qu'on aime et qu'on admire.
Sur les rivages du Styx.
Illustré par l'alchymie,
Aux savans il fait la loi ;
Il a du goût... du génie...

CASSANDRE, *tremblant.*

Ce n'est pas moi....

ARLEQUIN.

Me reconnais-tu ? je protége les amans, les philosophes, les fous. . . .

CASSANDRE.

Seriez-vous mon bon génie ?

ARLEQUIN.

Oui. . . . . dès-à-présent tu es ma propriété ; et chaque fois que je le voudrai, je t'emmènerai dans l'enfer. . . .

CASSANDRE.

Dans l'enfer. . . . (*à part.*) Je souffre comme un damné. (*haut.*) et qu'y fait-on ?

ARLEQUIN.

Nous nous promenons sur des épines. . . . Nous prenons le frais sur des charbons ardens. . . . .

CASSANDRE.

Quelle vie ! j'en mourrai !

ARLEQUIN.

Viens y faire un tour.

CASSANDRE.

Je suis mort. . . . Mais ne pourrai-je pas me faire
remplacer ? J'ai un joli garçon. . . . . . dernier rejetton
des Gilles, . . . si vous vouliez l'accepter à ma place ?

ARLEQUIN.

Me proposer un Gilles ! il nous faut du Cassandre.

CASSANDRE.

C'est bien dur.

ARLEQUIN.

Tout ce que je puis faire, c'est d'accepter ta nièce. . . .
mais à une condition. . . . il faut que je la marie.

CASSANDRE.

Ma nièce ! jamais !

ARLEQUIN.

Tu te révoltes !

CASSANDRE.

Air : *Vaudeville des deux Chasseurs.*

> Avant que d'enlever ma nièce,
> Il faudra me lier les bras ;
> Vous avez cru me jouer pièce ;
> Mais Cassandre ne vous craint pas.
> Sans pistolets, ni cimeterre,
> Je saurai défendre mes jours ;
> Et ne vendez la peau de l'ours,
> Qu'après l'avoir couché par terre. (*bis.*)

ARLEQUIN, *avec lazzis.*

Audacieux !

Air : *Epoux imprudent.*

> Si par ta prompte obéissance,
> Tu m'avais désarmé d'abord ;
> Je t'aurais dit en récompense
> Le secret de faire de l'or. (*bis.*)
> Mais ingrat, au bord de l'abyme,
> Puisque tu me désobéis,
> Tremble... tes destins sont remplis,
> Et tu n'es plus que ma victime. (*bis.*)

CASSANDRE.

Un moment, M. Lucifer. . . . . je pourrais consentir à vous donner ma nièce ; mais elle ne voudrait pas de vous. . . . Elle est folle d'un certain Léandre.

ARLEQUIN.

C'est-là ce qui t'arrête ! Mon Dieu, qu'à cela ne tienne. . . .

CASSANDRE.

Comment ? . . .

ARLEQUIN.

Ne bouge pas. . . et tu vas juger de mon pouvoir.
(*Il descend dans la trappe.*)

SCÈNE XI.

CASSANDRE, *seul et dans son fauteuil.*

Allons ! il faut faire de nécessité vertu : après tout. . . .

AIR : *D'une Abeille toujours chérie.*

> Ce démon n'est pas trop féroce,
> Et seconde mes intérêts.
> S'il prend ma nièce... pour sa noce,
> Je ne me mettrai pas en frais. (*bis.*)
> Où trouver un parti semblable ?
> Le refuser serait d'un sot :
> Il n'est aujourd'hui que le diable
> Qui prenne une fille sans dot. (*bis.*)

SCÈNE XII.

CASSANDRE, LÉANDRE.

(*Léandre sort de la trappe, et fait du bruit*)

CASSANDRE.

Quel changement !... (*se retournant.*) c'est Léandre !...
AIR : *Vaudeville du Jaloux malade.*
Voila ses traits et sa tournure,
Il me semble vraiment le voir,
LÉANDRE.
Je reparais sous sa figure,

Pour mieux te prouver mon pouvoir.

CASSANDRE.

O ciel ! voyez cependant comme
Le diable est malin et rusé,

LÉANDRE.

J'ai pris les traits d'un beau jeune homme.

CASSANDRE.

Ah ! vous êtes bien déguisé ! (*ter.*)

LÉANDRE.

Je vais enlever ta nièce. Plus d'obstacle elle me prendra pour son amant.

CASSANDRE.

Ah ! mon Dieu. . . . . épousez la. . . . . j'aime encore mieux que ce soit vous que Léandre. . . Après tout, ce n'est pas le premier ménage que le diable aura gouverné. . . . (*il appelle*) Argentine. . . . (*à part*). la pauvre enfant ! comment lui tourner cela ?

SCÈNE XIII.

Les mêmes, ARGENTINE.

ARGENTINE.

Que vois-je ? Léandre ici ?

CASSANDRE, *à part.*

Elle croit que c'est Léandre. . . . . (*haut*) oui, et d'après ce qu'il m'a dit, je vois qu'il n'est pas aussi mauvais sujet que je le croyais. . . .

ARGENTINE.

Comment expliquer ?. . .

CASSANDRE.

Je vous unis, mes enfans, soyez heureux. . . . s'il est possible !...

ARGENTINE.

Mon cher oncle !

AIR : *Du partage de la richesse.*

Je vais donc entrer en ménage !
Vous comblez enfin tous mes vœux ;
Et malgré ce doute, je gage ,
Qu'ensemble nous serons heureux.
Léandre est complaisant , aimable,
Je l'avoue, en lui tout me plaît...

CASSANDRE , *à part.*

Faut-il que je la donne au diable !..

ARGENTINE.

C'est le mari qu'il me fallait !   (*bis.*)

CASSANDRE.

La pauvre petite ! elle me fend le cœur. (*haut.*) Vous aurez la plus aimable femme, et qui ne vous fera pas damner...

LÉANDRE.

A présent, signons le contrat....

CASSANDRE.

Mais pourquoi ?...

LÉANDRE , *cherchant dans ses poches.*

(*A part.*) Diable ! il est resté dans la poche d'Arlequin ! (*Haut.*) Je vais d'abord l'aller faire signer à Pluton, et je reviens... Argentine, suivez-moi... (*Bas.*) Ma sœur est prête à vous recevoir... (*Haut.*) Monsieur Cassandre, adieu...

ARGENTINE.

Quoi ! déjà !

CASSANDRE.

Oui , il t'emmène à sa campagne... c'est convenu...

LÉANDRE.

AIR : *Vaudeville de l'Opéra-Comique.*

Par votre présence, venez
Charmer vos demeures nouvelles ;
Point de frayeur, car les damnés
Sont heureux de servir les belles !
Goûtant près d'un époux bien cher

Un bonheur toujours sans mélange ,
Je vous réponds que dans l'enfer
Vous serez comme un ange.

CASSANDRE , *à Argentine.*

Adieu ! (*A part.*) Quelle séparation douloureuse !

SCÈNE XIV.

CASSANDRE , *seul* , (*regardant dessous son man-*
teau.)

O ciel ! ils se sont engloutis ! Cette chère nièce !

AIR : *De la cinquième édition.*

Argentine était un trésor,
Soumise , douce , obéissante,
La pauvre enfant ! si jeune encor
On l'enterre toute vivante :
Jamais je n'oublierai , je crois,
Une aventure aussi fatale ;
Et je ne conçois pas pourquoi
Elle a le sort d'une vestale !   (*bis*)

Maudit soit le moment où je songeai à faire de l'or !..
Mais quel est ce bruit ?...

SCÈNE XV.

CASSANDRE , ARLEQUIN , *sortant de la trappe.*

CASSANDRE.

C'est vous , seigneur Lucifer ! vous avez donc repris
votre première figure !

ARLEQUIN.

C'est ma figure naturelle.

AIR : *Décacheter sur ma porte.*

Allons , vite , il faut conclure ;
Puisque j'ai la signature

De mon cousin Pluton.
De plus, Minos, Mégère, Alecton,
Ont, d'après les convenances,
Signé, comme connaissances.   (*bis.*)

CASSANDRE.

Vous avez là de bien vilaines connaissances, allons....
je vais signer.

(*Il va à la table.*)

SCÈNE XVI.

Les mêmes, GILLES, tout essoufflé.

GILLES, *il ne voit pas Arlequin.*

AIR : *Ah! maman! etc.*
Par bonheur je viens de l'échapper belle,
Un rival
Brutal
M'a fait une frayeur mortelle;
Ah! grands dieux! quelle
Aventure cruelle!
J'ai pensé vraiment
Qu'il m'avait enterré vivant!

ARLEQUIN, *à part.*

Ah mon dieu! il s'est échappé!

GILLES, *sans voir Arlequin.*

Monsieur Cassandre, apprenez que j'ai surpris Léandre
et son valet Arlequin, auprès de votre nièce, pendant
que vous dormiez... Les traîtres m'ont jetté dans une cave,
par une trappe que nous n'avions pas apperçue.

CASSANDRE.

Dans une cave!

GILLES.

Et ce n'est que tout à l'heure qu'ayant vu sortir Arlequin, j'ai apperçu la porte et me suis échappé.

ARLEQUIN *paraissant et menaçant Gilles de sa batte.*
Comment, Coquin!

GILLES.

Le voilà !...

ARLEQUIN.

Je te vais tuer....

(Il frappe Gilles ; celui-ci prend Cassandre et le met toujours devant lui , de sorte qu'Arlequin frappe sur l'un et l'autre.)

GILLES.

Air : *Tôt, tôt, Carabo.*

Vous allez nous connaître,
Laissez là ce babil
Puéril ;
Apprenez que mon maître
Est vaillant et subtil,
On sait qu'il,
En face, en profil,
Craint peu le péril ;
Et s'il n'était civil,
De vos jours il (*bis.*)
Devrait trancher le fil. } (*bis.*)

CASSANDRE, *prenant Arlequin au collet.*

Imposteur ! tu es mon prisonnier.

ARLEQUIN.

Soit... mais Argentine est au pouvoir de mon maître ; les chevaux sont prêts... et ils vont partir pour l'Allemagne ; voyez...

(Il frappe du pied, et il sort une inscription assez haute pour cacher un homme.) Adieux d'Argentine.

CASSANDRE.

Un enlévement ! cela va faire un bruit dans le quartier ; je veux assoupir....

ARLEQUIN.

Vous n'avez qu'à parler.

CASSANDRE.

Air : *De la Fricassée.*

Chez moi ma nièce restera...

Plus de discorde ,
A tout péché miséricorde ;
Je voulais sévir ; mais voilà
Que déjà
Mon courroux s'en va.

(Allant à la trappe.)

Mes enfans , reparaissez ;
Car puisque vous vous passez
De mon consentement ;
Je le donne à présent.
Chez moi ma nièce restera...etc.

ARLEQUIN.

Allons , mon maître épousera ;
Plus de discorde ,
A tout péché miséricorde ;
Il voulait sévir , mais voilà
Que déjà
Son courroux s'en va.

GILLES.

Je n'entends rien à tout cela.
Point de concorde ;
Point de miséricorde ;
Il devrait sévir , mais voilà
Que déjà
Son courroux s'en va.

(Ensemble.)

SCÈNE XVII et dernière.

CASSANDRE, GILLES, ARLEQUIN, LÉANDRE, ARGENTINE.

(Ici l'inscription disparaît , et les deux amans sont debout au milieu du théâtre.)

CHŒUR , *excepté Gilles.*

AIR : *O ciel ! que lui dire !*

Un oncle l'ordonne ,
Elle est
Je suis } de retour,
L'amitié pardonne
Les torts de l'amour, } (*bis.*)

GILLES.

Mais, vous m'aviez promis la main de votre nièce ?

CASSANDRE.

O le plaisant corps qui se laisse enlever sa maîtresse, et qui veut prendre une femme ! Pour vous punir encore, monsieur, je confirme devant vous leur mariage.

GILLES.

Eh bien je pars !

AIR : *Du Curé de Pompone.*

Si je rencontre sur mes pas
Peu de délicatesse,
Un ménage où l'on ne dort pas,
Où l'on jeûne sans cesse ;
Un maître dont chacun déjà
S'amuse dans la ville.
Ah ! il m'en souviendra
Larira,
De votre domicile !

CASSANDRE.

Propos de valets !

VAUDEVILLE.

AIR : *De Doche.*

Mes chers enfans, je vous unis
Et je renonce à l'alchimie ;
Soyez amans, soyons amis,
Ensemble passons notre vie :
Ennemis des méchans propos,
Prenons le temps comme il arrive ;
Surtout laissons vivre les sots,
Il faut que tout le monde vive.

LÉANDRE.

Le plus pétillant des gascons,
D'Armagnac vous cherche querelle,
Et dit, monsieur nous nous verrons
Demain, auprès de Bagatelle !
Mais sans rougir, notre César
Quand au rendez-vous il arrive,
Dit, jé né mé bats jamais, car
Je veux que tout le monde vive.

ARLEQUIN.

Je connais certaine beauté
Qu'un essaim d'amans environne,
Son cœur a tant d'humanité
Qu'il ne peut voir souffrir personne :
Soumise avant la fin du jour,
Cette coquette aimable et vive
Dit, quand pour elle on meurt d'amour,
Il faut que tout le monde vive.

GILLES.

Un journaliste voit Damon,
Dont la pièce est à l'agonie,
Et lui dit, mon cher tenez bon,
Demain, je la rends à la vie.
Mais pour qu'à l'immortalité
Votre ouvrage sans peine arrive,
Envoyez-nous un gros pâté,
Il faut que tout le monde vive.

ARGENTINE, *au public.*

Donnez au pauvre de l'espoir ;
A la coquette, l'art de plaire ;
A l'ambitieux, du pouvoir ;
A Grégoire, du vieux madère :
Donnez au guerrier des succès ;
Un spectacle à la foule oisive ;
Quelques bravos à nos couplets :
Il faut que tout le monde vive.

F I N.

152